一条路，就在你面前，从这一头到那一头。

从你看到的这一头开始，到你看不到的那一头结束。

当然，你看到的并不是全部。

在开始前，就有路了；到结束后，路还没完。

一条路永远没有尽头。

人们以为路可能会停下脚步，当他遇到大海、山谷、

商店、机场、墙壁、夜晚、一场雨或一阵风。

不，并没有。

当一条路来到海边，他会坐船渡海。

当一条路来到山脚下，他会翻越山坡。

当一条路遇到商店，他会买些东西继续赶路。

如果遇到机场，他就坐上飞机。

遇到墙壁，他就绕着走。

如果没办法绕着走，

他就换个方向继续走。

一条路，是想去某个地方的期盼，

也是去过某个地方的怀念。

在这条长长的路上，

有我们的思考和我们的梦想。

我们可以在路上打瞌睡，

散步，哭泣，怀念过去，憧憬未来，

创造点什么，消灭点什么。

在这条长长的路上，

有酒店、朋友或陌生人的家、

安静散步的花园、硕果累累的果园，

有意外的邂逅、天才的诞生、

流浪的吻、医院、冬天或夏天的度假屋、

学校、商店，有时候还有墓地，

但总有一个可以休息的地方，

和朋友们喝一杯茶……

一条路之所以是路，是因为有人走在上面，
而且是很多人，从一个路口到另一个路口，
坐着车或是穿着鞋跑着、跳着、唱着过来，
人们看起来兴高采烈、生机勃勃。

很多路都很好。
但人们要是做错了选择，那就糟了。
比如说，有人出门没带伞，
却下起了雨，而这个人呢，
不喜欢被淋湿，也不喜欢跳水坑。